갈대숲

갈대숲

김영성 작품집

쏠트라인
SALTLINE

아침저녁으로 혹독한 추위가 온몸을 휘감아 도는 계절이다. 이 추운 계절도 참고 행복하게 보낼 수 있는 것은 희망 어린 봄이 기다리고 있기 때문이다.

우리나라의 뚜렷한 사계절은 삶을 지루하지 않게 만드는 훌륭한 자연의 섭리라고 생각된다.

이번 작품은 가을 동안의 모습을 사진에 담고 거기에 생각을 모아 보았다. 특히나 젊었을 때의 기억들을 더듬어 썼기 때문에 지금의 젊은이들에게 도움이 되는 글이 되었으면 하는 바람이다.

지금의 추운 겨울을 슬기롭게 보내고, 다음 봄날에 지나온 겨울 이야기를 나누어 보는 기회가 되었으면 한다.

이 책을 구독하시는 모든 분께 감사의 말씀을 올리며, 건강과 행운을 빈다.

차 례

2부

3부

4부

1부

가을 호수

가을 빛이
내려앉은 오후

커다란 물거울에
호수와 하늘이 하나 되었다

해맑게 펼쳐진 세계가

도심의 숨결이 되어
일렁이고 있다

가을의 풍요로움이 밀려와
담뿍 담긴 가을 호수

손편지

　말없이 건네준 가슴 떨리는 손편지를 그녀에게 슬며시 내밀었다. 밤새 고민하며 쓴 사랑 고백의 글이다.

　던지듯 전해주고 뒤돌아서는 나의 심장은 벌떡 벌떡, 큰 죄라도 지은 듯 빨개지는 얼굴로 정신없이 뛰었다.

　그리고 며칠 후 답장이 전해졌다. 조심스런 승낙 이런 가? 손편지 교환과 함께 자연스럽게 이루어진 연인관계.

　유명한 시인의 시 한 구절도 인용하고 마음에서 쏟아지는 정열의 글들이 밤새워 꽃무늬 종이 위에 그려졌다.

　요즈음이야 휴대폰 문자로 간단하게 보낼 수 있지만 예쁘게 정성들여 써 내려간 손편지는 진실한 마음이 담겨 있었다.

　손편지 속에는 예쁜 꽃잎, 시간을 들여 찾아낸 네 잎 크로버 잎사귀, 곱게 물든 단풍잎, 잘 찍힌 본인 얼굴 사진을 넣어 보냈다.

　편지지 여백에 색연필 등으로 꾸미거나 예쁜 편지지를

사서 쓰기도 하였다.

편지 내용의 글자색도 필요에 따라 달리 하고 온갖 기교를 부렸던 예술적인 연애편지, 받은 이는 얼마나 행복했을까?

손편지도 한 번쯤은 써 볼 만하지 않을까?

진실한 사랑을 담은 손편지를 전해봄이 어떨까?

애틋한 사랑이 그리워지는 시절.

손편지는 연인의 연애편지 말고도 부모와 자식 간에도 쓸 수 있고, 사업이나 개인 호소력을 위할 때도 이용할 수 있다.

잊혀져가는 손편지 다시금 생각나게 하는 가을이다.

가을 논둑길

햇살도 익은 건가

가을볕이 들판을
노랗게 물들이는 계절

고개 숙인 벼들이
성숙을 노래하고
수확을 독촉한다

가을 논둑길에 서서
에둘러 보니

풍만한 벼들이
사랑스럽기만 하다

짝사랑

나는 살아오면서 짝사랑을 많이 해본 것 같다. 학교에 가서는 예쁜 여자선생님을 좋아했고 반에서 예쁜 여자아이를 보면 괜스레 얼굴이 붉어지고 가슴이 쿵쿵거렸다.

고등학교 때는 선생님이 "용감한 자만이 미인을 얻는다."라고 말씀하셨다. 그래서 마음에 드는 이가 있으면 어떻게 고백할까 하고 고민도 해봤다. 그렇다고 무턱대고 말할 용기는 나에게 없었다.

어느덧 나도 성장하여 직장을 갖고 결혼을 해보니 마음에 끌려 좋아진다고 해서 사랑이 이루어지는 것이 아니라는 것을 알았다.

내가 좋은 감정을 갖는데 대하여 어떤 때는 괜히 죄책감도 들었다. 또는 '내가 지금 무슨 생각을 하고 있지?'라고 나를 자책해 보기도 한다. 속앓이를 하면서 지내놓고 보니 이게 다 짝사랑이라는 것이다.

상대방에게 어떤 해를 끼치지 않고 나만의 사랑을 해보

는 것도 좋을 것 같다.

나만의 사랑을 꽃피우는 것도 내 삶에 활력이 되었다는 것을 알았다. 좋은 호감을 갖고 사는 것도 나의 기쁨일 수 있다.

누군가를 보면 좋아지는 마음을 소중히 간직하고 즐겨보자. 죄책감과 자책감도 버리고 나만의 좋은 사랑을 꿈꾸어 보자. 고백할 필요도 없고 마음 아파할 필요도 없다. 좋은 느낌만 가지면 된다.

삶의 의미와 활력을 만끽할 수도 있도록 절제되고 숨겨진 나만의 낭만을 맘껏 즐겨보자.

짝사랑의 아린 기쁨, 마음의 엽서로 그대에게 보내보자. 좋은 추억으로 기억될 것이다.

꽃무릇

붉디붉은 얼굴들이
햇살을 머금고

가슴으로 밀려들고 있다

무리지어 다니는 모습에
세상이 온통 붉다

거추장스런 옷 따윈
벗어버리고

있는 그대로 화려한 얼굴들

너나 없이 입을 벌리고
9월을 노래하고 있다

네 잎 클로버Four-leaf clover

네 잎 클로버는 네 잎을 가지는 토끼풀의 기형이다. 예로부터 전해지는 말로 행운을 가져다준다고 하여 토끼풀 속에서 네 잎 클로버를 무던히도 찾았다. 찾은 클로버는 책장에 넣어 두고 마음속으로 행운을 빌었다.

토끼풀은 뿌리에 공생하는 뿌리혹박테리아 있다. 이 때문에 다른 식물의 생장과 건강을 돕는다고 한다.

토끼풀 대한 신화도 있다. 그리스 신화에 꿀벌들이 제우스신에게 독이 있는 풀들이 너무 많다고 간청하였다. 그래서 추천해 준 것이 토기풀이라 한다.

네 잎 클로버 하나하나에는 이런 뜻이 담겨 있다고 한다. 첫 번째 잎에는 희망, 두 번째 잎에는 믿음, 세 번째 잎에는 사랑 그리고 네 잎 클로버의 마지막 잎이 행운이라고 한다.

네 잎 클로버 상징 표상으로 4-H가 있다. 4-H는 두뇌head, 마음heart, 손hand, 건강health의 이념을 가진 청소년

단체로, 우리나라에서는 각각 지智, 덕德, 노勞, 체體로 번역
해서 사용한다.

　클로버는 매년 4월부터 어디에나 자생하고 있어서 흔히
볼 수 있다. 네 잎 클로버를 찾아서 행운도 기원해 보고 마
음에 둔 친구에게 선물도 해보는 것은 어떨까.

　네 잎 클로버를 나름 달리 해석하고 이야기하는 사람들
도 있다. 네 잎 클로버에 대한 신화 같은 이야기를 믿거나
말거나 우리는 네 잎의 행운을 찾아 고이 간직할 것이다.

　나의 책장 어딘 가에도 분명 네잎 클로버가 꽂혀 있을 것
이다.

　파란 잎사귀 틈에서 네 잎 클로버를 찾는 순간이 낭만을
즐기는 시간이 아닐까 생각한다.

보랏빛 희망

보라색 전등이
그늘을 밝혀서일까

대낮이 환하다

파란색 등 커버를 하고
어여쁘게 짓는 보라미소

그윽한 보랏빛 희망이
빛을 발하고 있다

이별은 아쉽다

오랫동안 해오던 동아리 활동을 그만두었다. 다른 활동을 계획하다 보니 시간에 쫓기기 때문이다.

막상 그만두고 나니 그동안 정들었던 회원들의 얼굴이 삼삼하다. 큰 이별이라도 한 듯 한동안 가슴이 멍멍하였다.

우리는 이렇듯 세상을 살아가면서 아쉬운 이별을 하게 된다. 무수한 사람들을 만나고 또 헤어진다. 그 중 유난히 보고 싶고 마음을 아프게 했던 사람들도 있었다.

이별은 아픔이요 아쉬움인가 보다. 그러나 이별 뒤에는 새로운 만남이 찾아든다. 이별은 우리 삶에 물 흐름과 같이 자연스럽게 이루어지고 있는 것이다.

이별은 아픈 만큼 정신이 맑아진다. 사랑하던 애인과의 이별이 어찌나 가슴 아팠든지 밤새 엉엉 울어본 기억도 있다. 그리고 이별의 상처는 한동안 내 마음에서 추억과 함께 슬픔과 아쉬움으로 서성거리고 있었다. 시간이 흐르고 삶에 부대끼다 보니 서서히 잊혀졌다.

　이별은 슬픈 기억으로 남기도 한다. 그렇더라도 이별의 아픔에 너무 빠지지 말고 툭툭 털고 새로운 길을 바라보아야 한다.

　누구나 이별의 아픔은 간직하고 있다. 나만의 특별한 고통이라고 생각하면 안 된다.

　이별에는 일상에서 멀리하는 경우도 있지만 영원히 볼 수 없는 헤어짐도 있다. 때로는 내가 싫어서 이별을 자초하는 경우도 있다. 어떤 때는 내가 상대방에게 차임을 당할 수도 있다.

　여러 형태의 이별이 있지만 대부분이 아픔이요 아쉬움이다.

　이별이란 단어를 때로는 아름답게 승화시키고 자연스럽게 받아들이는 것이 우리가 세상을 살아가는 지혜이고 현명한 삶이라고 본다.

　이별의 아픔에서 고통받는 이들이여 벗어나라. 지금의 현실이 중요하고 미래가 더 중요하다. 이별은 자신의 역사에서 한 부분일 뿐이다.

풀꽃 미소

싸늘한 바람 맞으며
풀꽃 미소 짓는
가을 한때

누군가를 기다리나
이 갈망의 눈빛

남들이야 관심 없이
지나치지만

나는 그의 눈빛을
한참이나 마주하고 있었다

배움, 터득하기

나는 어렸을 때만 배우고 어른이 되어서는 배울 게 없는 줄 알았다. 그리고 어른이면 무엇이든 다 잘 알 것이라고 생각했다.

이제 세월이 흘러 어른이 되어 보니 착각이었다. 평생 배우며 깨우쳐야 한다는 것을 알았다. 세상은 배우고 알아야 할 게 너무도 많다는 것을 더 절실하게 느꼈다.

생계가 딸린 문제일 수 있고 자신의 안전을 지키기 위해서도 알아야 한다. 자존감과 성취감을 가지기 위해서도 배움이 필요하다. 또한 인생을 안락하고 즐겁게 보내기 위해서도 배움은 필요하다.

배움은 학교 선생님을 통해서만 배우는 게 아니다. 배울 게 널려 있다. 휴대폰 시대가 되어가면서 더욱 쉽게 접근할 수 있게 되었다.

요즈음 디지털시대로 하루하루가 변해가고 있다. 컴퓨터 조작을 모르면 미개인처럼 취급받아야 할 지경에 이르

렀다. 당장 승차권을 발급하더라도 기계조작이 이루어지고 심지어 밥을 먹는 식권까지도 기계조작으로 결재를 해야 하는 곳이 있다.

학창시절에는 교과서 위주로 공부하니까 그게 전부인 줄 알았다. 그러나 사회생활을 하다 보니 학창시절의 공부는 기초실력에 불과하다는 생각이 든다.

사회생활하면서 새롭게 배우고 터득해야 할 게 너무도 많다. 여기서 나태하면 경쟁에서 밀릴 수밖에 없고 생활면에서도 차등이 나타날 수밖에 없다.

그러다 보면 사회적 불만이 가득한 사람으로 전락할 수 있다. 오락이나 환락에 젖어 시간을 낭비한다면 나중에 후회할 날이 올 수 있다.

배움은 남을 주는 게 아니라 자신이 써먹을 것이다. 즉 자신을 위한 것이다. 배우면서 터득하는 기쁨이란 또 다른 환희를 맛볼 수 있다.

나이나 성별, 신분에 관계없이 열심히 배우고 익히자. 생활 속에서 부딪치며 깨달음을 갖자. 평생 배움의 길을 가겠노라고 마음을 굳건히 하자.

행복과 행운은 배움의 길에서 만날 수 있다고 생각한다.

자매꽃

등에 기대어
업어 달라는 투정일까

눈이 동그랗다
동생 얼굴
귀엽기도 해라

언니 등에
기대어 투정하는
자매꽃 풍경

삶의 원리

　현재 우리가 살아가고 있는 세상은 수시로 변화하고 있다. 컴퓨터 기기의 발달을 보아도 알 수 있듯이 최근의 기기가 얼마 안 있어 기능이 떨어진 기기로 취급받는다.

　수계산에 있어서도 옛날에는 암산이나 표식으로 하다가 주산이란 게 나와 수계산에 선풍을 일으켰다. 한때는 주산학원이 잘나가던 시절이 있었다. 지금은 전자계산기로 오차 없이 신속하게 수계산을 처리한다. 인간으로서는 계산하기 어려운 특수한 수계산 기능까지 해주는 시대가 뇌었다. 인기 좋던 주산이 골동품으로 전락해 버린 것이다. 불과 몇십 년 전의 일이다.

　지식에 있어서도 옛날 배운 것은 구식이라 말하고 지금 배우는 것은 신식이라고 말들 한다. 그리고 구식을 무시하는 경우가 허다하다.

　우리의 삶에서도 많은 발전이 있었다. 앞서가는 발전이 오히려 불편하게 느껴지기도 한다.

나는 이제까지 살아오면서 삶의 기본 원리는 바뀌지 않는다는 것을 알았다. 해가 떠서 지는 우주의 원리라든지 기본적인 수학공식처럼 삶에도 기본 틀은 있다고 본다.

몇 천 년 전의 철학이 인용되고 옛 성인의 말들이 회자되고 있다. 지금의 발달된 모습은 방법과 수단이 편리하게 바뀌었을 뿐이라고 본다.

물론 신비로운 세상 원리는 아직 미지의 세계에 많이 남아 있다. 필요에 따라 연구에 의하여 조금씩 나타나기도 한다.

온고지신溫故知新이란 말이 있다. 옛것을 익히고 그것을 통하여 새로운 것을 배우고 익히는 것이다.

'옛날 것은 구식이라 쓸모없다'라고 말하기보다 옛것을 고찰하고 그것을 바탕으로 더 새로운 세상을 만들었으면 한다.

나는 다시 옛것을 연구하고 싶은 생각이 든다. 옛것을 통해 현재를 통찰하고 싶어서이다.

엄마 감

파란 도화지에
잘 익은 가을이
예쁘게 그려졌네

침 넘어가게 하는
빨간 홍시 감

쳐다볼수록
광 항아리 속
숨겨두었던

엄마 감이
그리워지네

나의 기쁨이 남의 슬픔

나는 요즘들어 경연대회에 몇 번 참가하였다. 그러나 번 번이 실적이 없어 실망에 빠졌다. 물론 큰상을 바란 것이 아닌데도 마음이 아프다.

그런데 휴대폰 단체 톡에서는 상을 받았다고 야단법석 이다. 마음이 씁쓸하다. 내가 잘못된 것일까. "자랑질 하지 말라"는 교훈 같은 격언이 떠오른다.

나의 기쁨이 누군가에게는 슬픔이요, 아픔일 수 있다는 생각이 든다. 그래서 나 자신을 반성해 본다. 내가 혹 자랑 질을 해서 가슴 아픈 사람이 있었을까.

우리가 살아가면서 생기는 좋은 일도 때로는 조용히 넘 어가는 미덕이 있어야 한다. 좋은 일에 대해 남에게 말을 할 때에도 '운이 좋았어.'라고 말하거나 '당신 덕분이야'라 고 겸손을 부려봄이 어떨까 생각해 본다.

좋은 일은 모두가 축하해 주어야 하고, 칭찬받고 축하받 아야 함은 당연하다. 그러나 피나는 노력에도 불구하고 좋은 결과를 얻지 못하는 이도 있음을 기억했으면 좋겠다.

자랑은 시기와 질투를 가져올 수도 있다. 누구에게는 좋아 보일지 몰라도 다른 누구에게는 괜히 미워지는 마음이 들 수도 있다.

어느 시합이나 경기에서도 승자와 패자는 있기 마련이다. 승리의 기쁨에 빠져 패자의 아픔을 알아주지 못한다면 그것도 기분 씁쓸해 보인다. 승자는 패자를 끌어안아줄 수 있는 아량도 베풀 줄 알아야 한다고 본다.

나의 기쁨에 들떠있을 때 누군가는 가슴 아파할 수 있음을 생각해 보자.

2부

그대 이름은 갈대

바닷물을 마시고
갯벌에 뿌리내리고 사는
그대 이름은 갈대

태양 조명 밝혀
바닷바람과 손을 잡고
춤추는 그대, 눈부셔라

가까이 다가서 손 내미니
솜털처럼 포근함이
나를 들뜨게 하네

아깝다는 것

우리가 쓰는 물건이 부서지거나 소용을 벗어나 버려야할 경우 아깝다고 한쪽에 놓아 둘 수 있다. 그러면 볼 때마다 눈에 거슬리고 때로는 공간을 차지해서 다른 물품을 놓아두기도 불편하게 하는 등 많은 지장을 초래한다. 결국은 보기 흉한 쓰레기일 뿐이다.

물건뿐만이 아니다. 먹는 것에 대한 아까움이다. 예전에 어머니는 상해 가는 음식을 버리기 아깝다며 먹고 고생하시는 것을 보았다.

70년대 먹을 게 귀하던 시절, 참외 농사가 인기인 때가 있었다. 상태가 좋은 참외는 모조리 시장에 내다 팔고 정작 주인들은 한쪽이 썩은 참외를 아깝다고 먹고 배탈이 나서 며칠간 고생하던 때가 있었다.

버려야 할 물건은 쓰레기 처리하면 되지만 상한 음식은 당장 우리 몸을 해칠 수 있다. 음식만큼은 아깝다는 생각을 버려야 하지 않을까. 남은 음식을 아깝다고 마구 먹어서 배탈이 나고 병을 얻는다면 이보다 어리석은 행동이 없다고 본다. 몸에 안 좋은 술도 남기기 아깝다고 다 처리한 결과, 과음하는 경우가 있다. 적당히 먹고 나머지는 과감하게 포기하는 것이 현명하다고 본다.

사람도 아깝다고 멀리하지 못하고 가까이하다가 피해를 보는 수가 있다. 만날 사람이 아니다 싶으면 과감히 멀리하는 게 좋다고 본다. 친구 따라 강남 간다고 질 나쁜 친구와 가까이 하다가 인생을 망칠 수 있다.

우리 주변에 막연히 아깝다고 보관하거나 버리기 아까운 음식이나 친구, 그 밖에 다른 아깝다는 상황이 닥친다면 다시 한번 생각해 보자.

버릴 것은 버리고 포기할 것은 포기하고 멀리할 것은 멀리하는 게 우리가 살아가는 삶의 지혜가 아닐까 다시 한번 생각해 본다.

계륵鷄肋이란 단어가 생각난다. 닭의 갈비라는 뜻으로 버리기에는 아까우나 그다지 쓸모가 없는 것을 비유적으로 이르는 말이다.

나비의 사랑

가을을 장식하는
노랑 꽃밭에서

나비가 사랑에 빠졌다

입맞춤의 황홀감이
묻어나는 사랑 이야기

노랑꽃 아가씨와의
사랑 이야기에

가을 깊어 가는 줄
모르는 나비

무지개 꿈

내 나이 10대 때는 무지개 꿈을 꾸며 자신감을 가지고 살았다. 남이 잘하는 것을 보면 나도 다 따라 할 것만 같았다.

그러나 지내온 세월을 되짚어 보면 세상 사는 것이 만만치 않았다. 항상 현실의 조건이 따라주지 못해서 마음뿐임을 알았다. 꿈만 앞서가지고는 아무것도 못 한다는 것을 알았다. 핑계 같지만 돈이 없어서나 시간이 없어서, 여건이 맞지 않아서 등 그 이유는 많다.

꿈은 여러 가지를 가지는 것보다 단순화시켜야 한다는 것도 느꼈다. 여러 마리 토끼를 다 쫓을 수는 없다. 결국에는 하나도 이루지 못할 수 있다.

한 가지만 꾸준히 노력하고 연구해서 세상을 놀라게 해서 가는 곳마다 칭송받는 사람이 있다.

보는 것마다 욕심을 내는 것보다 자신이 당장 해볼 수 있는 것부터 찾아보자. 막연한 무지개 꿈만으로는 아무것도 이룰 수 없다.

현실에 맞춰 작은 꿈부터 실현해 봄이 더 좋을 것 같다. 그리고 맘껏 실행해 보자. 실행하지 못한 무지개 꿈은 그냥 환상일 뿐이다. 무지개 꿈을 잡아보자.

천리 길도 한 걸음부터이다. 처음부터 무리할 필요는 없다. 무리한 출발은 오히려 포기를 낳을 수 있다. 내 꿈을 실현할 방도를 하나하나 찾아보자.

세월은 기다려 주지 않는다. 강물처럼 매정하게 흐를 뿐이다. 주춤하거나 헛된 시간을 낭비하는 순간 무지개 꿈은 사라져 버릴 것이다.

젊은이여 무지개 꿈만 꾸지 말고 지금이라도 자신의 꿈을 펼쳐보자. 조금씩 그 꿈을 향해 전진해보자.

무지개 꿈이 실현 되도록.

이발

투! 투! 투! 투!
이발하는 소리에
초록 머리카락이 날린다

난쟁이 이발사가
기계를 타고
투! 투! 투! 투!

거인의 머리를
이리저리 정성스레
깎아 주고 있다

책 선물

내가 저술활동을 시작한 지는 얼마 되지 않는다. 처음 처녀작을 내고서 나름 기쁨에 벅찼다. 비록 자비출판이었지만 책을 발간하였다는 것만으로 가슴이 뿌듯하였다.

이 설레는 기쁨을 나누기 위해 지인들에게 책을 선물하였다. 그러나 의외로 반응은 냉담하였다. 왜 그럴까 하고 이미 저술활동을 했던 몇몇 사람들에게 물어봤다. 그 대답을 종합하면 다음과 같았다.

그냥 선물이니까 받아주는 이가 50%, 그래 꼭 읽어 보아야지가 20%, 호기심에 한번은 보아야겠다가 10%, 나머지 20%는 흥미가 없거나 전혀 필요함을 느끼지 못하는 층으로 심지어 필요 없다고 거부하는 사람도 있다.

책 속에는 나름 유익한 정보를 고심하여 담아 놓았다. 그런데 이런 취급을 받는 다면 안타깝기 그지없다.

한편 나 자신도 반성해 본다. 오래전에 받아 놓았던 책들을 이제야 읽어보는 것도 있었기 때문이다. 직장에 다닐

때는 왠지 책 읽을 여유가 없었다. 근무로 인한 긴장감 때문이었을 것이다. 지금에 와서 생각해 보면 후회스러운 일이었다. 요즘은 디지털 시대로 휴대폰을 통해 유튜브 등에서 책을 읽어주는 것을 듣고만 다녀도 될 만큼 정보가 넘친다. 그러나 종이책은 나름의 장점이 있다고 본다.

첫째 소장하는 맛이다.

둘째 필요한 내용을 언제든지 다시 볼 수 있다.

셋째 글을 쓸 때 확실한 인용 자료가 된다.

넷째 전자파로 인한 피로도를 줄여준다.

다섯째 귀중한 책은 소장하는 만큼 값어치가 올라간다.

결론적으로 책은 필요로 하는 사람들에게만 선물하여야겠다는 생각이 든다.

나중에 후회하지 말고 책 읽는 습관을 가졌으면 한다. 책은 우리의 마음에 유익한 양식을 제공하는 보물이다.

메시지

국화 화분이
매스 게임을 하고 있다

원을 그리고
색색의 조화로움으로

우리에게 메시지를
전하고 있다

메시지 내용을
생각할 겨를이 없는지

사람들은 꽃에만
관심이 있다

역사인식

역사는 누군가 썼다고 놔두면 안 된다고 본다. 지나간 역사라도 되짚어 보고 다시 쓸 부분은 몇 번이고 써야 한다고 본다. 지난 역사는 현재의 지침이 될 수 있고, 미래를 예측하거나 계획할 때 자료가 될 수 있기 때문이다. 그리고 미래의 국민들을 일깨우고 단합할 수 있게 하는 역할도 할 수 있다. 그래서 역사는 중요한 역할을 한다.

잘못된 역사관은 국민들을 우매하게 만들고 혼란의 정국으로 이끌 수 있다. 옛날 임금들은 불리한 내용은 역사에 남기지 말거나 임금의 뜻에 맞게 고쳐 쓰도록 사관史官들에게 말하기도 하였다. 일종의 역사 왜곡이다.

역사는 이념 몰이에 빠져서도 안 되고 숭배의 대상이나 영웅화, 신격화 되어서도 안 된다고 본다. 있는 그대로 현실을 직시해야만 미래를 정확히 설계할 수 있다.

학생들에게 가르치려는 과거의 역사는 통일을 기하는 게 좋다고 본다. 역사교육은 국가가 추구하는 이념에 거스

르지 않게 가르쳐야 한다. 중의를 모아 항상 중립적인 견지에서 해석되어야 한다.

역사가 바로 서야 나라가 바로 설 수 있다. 역사는 국민들의 뜻을 모으고 이끌어가는 원동력이기 때문이다.

결론적으로 역사는 누군가에 의하여 계속 비판되고 기록되어야 한다고 본다. 그래야 책임 있는 정치를 기대할 수 있다. 법과 상식을 어기는 정치를 과감하게 비판함으로써 국민을 의식하는 장치를 마련할 수 있다.

역사를 바르게 배우고 인식하면 통찰력이 생기므로 올바른 역사 인식이 무엇보다 중요하다고 본다.

털모자

겨울의 문턱
머리가 허전해

그대를 보노라니
털모자 쓰고 싶다

장식 방울에서
추운 겨울이 보인다

뇌는 하는 대로 판단한다

뇌는 우리 몸 전체를 통제하고 있다. 뇌가 우리 몸을 통제하려면 각 신체 부위의 상태나 생각들을 신속하게 분석할 것이다. 외부의 어떤 자극에도 즉각 판단하여 반응하여야 할 것이다.

우리의 뇌는 컴퓨터 보다 훨씬 세밀하게 작동하고 있는 것이다. 컴퓨터나 인공지능이 못 따라 하는 게 감정처리라고 본다. 인간의 뇌는 신비 그 자체이다.

뇌는 단순한 면도 있다. 따라서 속임도 가능하다고 본다. 어떤 게임에서 질 것 같다는 예감이 들어가면 대부분 생각대로 되어버린다.

연기하듯 슬픔을 표현하면 진짜 눈물이 나오고 슬퍼진다. 행복하다고 생각하면 한없이 행복해 지는 것을 느낄 수 있을 것이다.

우리가 속이 너무 상해 헛웃음을 웃으면 속마음이 풀어질 수 있다. 웃음을 이유로 진짜 웃음을 감지하는 경우이다.

따라서 우리의 뇌는 환경의 영향을 많이 받는다고 생각한다. 누가 화를 내면 나까지 우울해진다. 반대로 상대가 기뻐하면 괜히 나까지 동요가 일어난다.

이 원리를 이해한다면 우리가 실생활에 적용해 보면 어떨까. 항상 좋은 생각을 하고 밝게 보며 행복을 생각하는 이유이기도 하다.

인생이 고달프다고 생각하면 한없이 고달파질 것이다.

일부러라도 크게 웃어보자. 부정적인 생각을 지워버리고 자신감을 가져보자. '나는 뭐든 잘 할 수 있다'라고 구호처럼 외쳐보자. 연극처럼 한 말이라도 뇌는 믿고 판단하리라고 본다.

오늘도 즐거운 하루를 자신이 만들어 보자. 좋은 것만 보려고 노력하고 좋은 것만 들으려고 애써보자. 짜증스럽고 불쾌한 일들은 더러운 것을 보듯 피해 버리자. 나의 행복을 위해서다.

알밤

가을바람과 햇살에
성숙한 그녀가
잉태한 몸을 열어

생명의 씨앗을 낳으려
고통스러워하고 있다

생명의 씨앗 낳으면
누가 좋아할까

식생활 건강법

우리는 건강비법이란 명제 아래 수없이 많은 정보들을 접하고 있다. 접한 정보를 생각해 보면 이런 말도 맞고 저런 말도 맞는 것 같다. 그러나 그중에는 대립되는 말들이 있다. 우리의 경험을 뒤돌아보아도 안 맞는 부분이 맞다.

그래서 내 경험상 느낀 것을 말하려고 한다.

음식은 때로 먹고 싶은 것이 있다. 자연의 섭리라고 할까. 산에 사는 초식동물들의 먹이 섭취를 보고 인간들이 터득한 먹거리도 있다. 평상시에는 안 먹던 풀을 먹을 경우가 있는데 이것이 바로 자신의 치료제란 것이다.

음식은 배가 고플 때 먹어야 좋다고 한다. 그러나 우리는 정해진 시간에 먹거나, 아무 때나 먹는다. 불규칙적으로나 습관처럼 자주로 먹는 것이 위장에 부담을 주어 안 좋다고 한다.

그리고 모든 음식은 적당히만 먹으면 약이 되고 몸에 영양을 공급한다.

소금도 조금씩만 섭취하라고 하지만 적당히 섭취하여야 몸에 이롭다. 너무 적게 섭취하면 병에 대한 저항력이 없다고 한다. 다른 부작용이 생길 수도 있다.

채식주의를 주장하면서 고기 섭취를 말리지만 적당히 섭취하여야 좋다.

물도 많이 먹으라 하지만 적당히 마셔야 좋다. 일부러 많이 마시면 오히려 부작용을 가져올 수 있다.

예전에는 진수성찬珍羞盛饌이라고 해서 상다리가 부러질 정도로 많은 음식을 먹도록 하였으나 이것도 위장에 부담을 준다고 한다. 한꺼번에 여러 종류의 음식을 섭취하는 것도 안 좋다.

술도 마시면 안 좋다고 말하지만 소량으로 적당히만 섭취하면 문제가 없어 보인다.

이렇듯 음식은 내 몸이 요구하는 대로 적당히 먹으면 몸에 좋은 영양분으로 흡수된다.

음식은 천천히 꼭꼭 씹어서 즐기듯이 먹으면 기분도 좋아지고 건강도 유지되리라고 생각한다.

음식만 잘 먹어도 갖가지 질병을 예방하고 치료하는 효과가 있다고 한다.

침목

덜거덩 덜거덩
레일과 침목이
소리를 지른다

철마가 오고 있다고
알리는 소리

여기는 침목만 있는
조용한 산 계단

사람들만 칙칙폭폭
소리를 내며 오르내린다

반복효과

나는 3살짜리 아기가 걸음마를 배우면서 넘어지고 걷는 것을 반복하는 모습을 관찰하였다. 태어나면서부터 인생은 반복 연습의 연속이라고 봐야 한다는 것을 깨달았다.

운동을 잘하기 위해서도 동작 하나하나 반복하여 연습해야 한다. 악기를 잘 다루기 위해서도 수 천 번씩 반복 연습을 해야 한다. 그림도 많이 그려봐야 좋은 작품을 만들어 낼 수 있다.

이처럼 반복적으로 많이 해봐야 뭔가를 이루어 낼 수 있고 잘할 수 있다.

반복에는 시행착오가 생기고 이런 과정에서 발전된 모습으로 나아가는 것이다.

외워야 할 공부도 반복해서 읽어보는 방법밖에 없다. 연상법이나 다른 외우는 방법은 다음 이야기이다. 많이 읽어야 단기기억에서 장기기억으로 넘어가면서 망각을 줄일 수 있다.

직장의 업무도 마찬가지로 반복의 연속이다. 같은 업무를 항상 같은 방법으로 처리하기 일쑤이다.

반복적인 생활은 리듬을 형성한다. 이런 리듬 있는 생활을 잘 운영하면 시간도 효율적으로 활용할 수 있고 계획적인 생활을 할 수 있다.

안전에 관한 사항도 마찬가지로 반복하여 주의를 주고 점검해야 한다. 그래야 경각심을 일으켜 사고를 방지할 수 있다.

우리가 이런 반복을 자칫 중복된 행동이라고 게을리하거나 생략하고 넘어간다면 발전도 기대할 수 없고 문제를 발생시킬 수 있다.

모든 일상이 반복이라는 것을 알면 그 중요성을 일깨워 줄 것이다.

반복의 효과를 잘 이용해 보자.

3부

대나무

대나무는 왜 키가 클까
키가 커서 속이 없어

속이 없으니
굽실거리기도 잘하지

바람만 찾아와도
굽실굽실

거센 바람이 나타나면
디스코도 잘 춘다나
요란한 소리를 지르면서

아이들의 휴대폰문화

　요즘은 휴대폰 시대라고 해도 틀린 말은 아닐 것 같다. 어디에서나 남녀노소를 떠나서 휴대폰을 즐겨본다. 심지어는 말도 트이지 않은 어린 아이까지 휴대폰을 보여준다.

　아이들이 휴대폰의 오락성에 빠지면 정신이 없다. 오직 휴대폰만을 보려한다. 커가면서 싫증을 낸다면야 문제가 되지 않지만 오히려 더 빠진다면 학습면이나 생활면에서 많은 영향이 있으리라고 본다.

　두뇌계발啓發에 좋다고들 생각하지만 오직 오락에만 빠진다면 문제가 심각해질 수 있다.

　어릴 때의 두뇌 활동은 백지와 같아서 모든 학습을 잘 받아들인다. 이런 시기에 진정 배우고 가르쳐야 할 것에 소홀히 한다면 개인은 물론이고 사회적으로도 문제가 될 수 있다.

　뭐든지 장단점은 있지만 단점이 많을 것을 예상한다면 지금이라고 부모가 이를 잘 타일러서 통제해야 하지 않을까 생각한다.

아이가 커서 어른이 되면 경쟁사회에 휩쓸리게 되어있다. 이때 기본 학습능력을 길러 놓지 않으면 계속 뒤처질 수 있다.

성인이 되어서야 좋은 직장을 잡지 못하면 누구를 원망할 것인가? 아마 그 자신도 원인을 잘 모를 것이다. 그냥 나는 멍청해서라고 푸념하고 말 것이다.

실력이 우수한 아이로 학습지도를 경험한 학부모의 직접적인 실천사항으로 몇 가지가 있다.

첫째 휴대폰 통제이다. 아예 휴대폰을 주지 않는다.

둘째 텔레비전 시청이다. 일체 보지 못하게 통제했다.

셋째 친구 관계 통제이다. 꼭 필요한 친구만 만나게 했다.

넷째 불필요한 외출을 통제하였다.

물론 공부라는 것은 통제만으로 되지 않는다. 본인 자신이 하려는 의지가 중요하다고 본다.

여기서 중요한 것은 부모로서 역할이 무엇인지 한번은 생각해 봐야 하지 않을까 싶다. 지금의 정서에 맞지 않다고 비판하기보다는 아이의 장래를 위해 한번은 고민해볼 일이다.

맨드라미

쌀쌀한 가을철
옷깃을 여미는데

보들보들한 담요처럼
따뜻한 미소를 짓는
맨드라미

따뜻한 그녀의 품속으로
들어가고 싶어

열정熱情

우리들이 꿈을 이루려면 열정이 있어야 한다. 그냥 쉽게 이루어지는 일도 있지만 많은 노력과 열정을 통해서 좋은 결과를 얻을 수 있다.

남보다 더 잘하기 위해서는 남보다 더 열정 어린 노력이 필요하다. 우선은 자신의 능력을 믿고 수준이 낮은 상대방을 깔볼 수 있지만 길게 가다 보면 열정적인 사람이 이기게 된다.

열정은 목표하는 일에 미쳤다는 소리를 들어야 제대로 된 상태라고 본다. 공부에 열정을 쏟으면 모든 시간이 아깝다. 잠자는 시간을 빼놓고는 다 공부로만 전념하고 싶어질 것이다. 비단非但 책상에서 뿐만 아니라 걸어가면서도 단어를 외우고, 밥을 먹으면서도 책을 보고, 화장실에 앉아서도 책을 읽고, 운동하면서도 녹음된 강의 내용을 듣는 열정이 있어야 남보다 공부를 잘한다는 소리를 들을 수 있다고 본다.

여기에 젊은 패기와 힘이 함께한다면 그 열정은 더 빛이 날 것이다, 젊을 때 공부하라는 말이 여기서 나온 것이 아닌가 한다.

남보다 뛰어난 실력을 자랑하고 싶다면 정해진 분야에서 열정을 쏟아보자. 인생은 열정을 가지고 살 가치가 충분히 있다. 생각보다 인생길은 길다.

모든 것을 다 잘할 수는 없지만 한두 가지는 잘한다고 말을 들어야 할 것이 아닌가. 자신이 하고 싶은 일이나 특기가 있는 분야를 갈고 닦아보자. 그리고 남들보다 우뚝 서 보자.

열정의 결과는 짜릿한 행복감이다. 그리고 무엇보다 풍부한 삶과 즐거움을 선사해 줄 것이다.

단풍잎

붉게 물든 나뭇잎
가을 잎사귀
가을 색상
가을 풍경

가을 색상은 예뻐도
보이지만

바라볼수록
쓸쓸한 느낌은
무엇 때문일까

고독孤獨을 즐겨라

고독이란 홀로 있을 때 느끼는 외롭고 쓸쓸한 감정이다. 여기에서 혼자라는 의미는 나를 알아주는 이가 없다는 것을 말한다. 군중 속의 고독이라고 표현했을 때 많은 사람은 옆에 있지만 나를 알아주는 이가 없을 때 외로움을 느낀다는 뜻으로 표현할 수 있다. 즉 마음을 주고받고 대화를 나눌 수 있는 상대가 없음을 말한다.

우리는 고독한 시간을 많이 가질 수 있다. 특히나 자기 일에 몰입할 때는 다른 사람과 어울릴 시간적 여유가 없을 수 있다.

이제까지 지내본 경험으로는 자기시간을 많이 갖는 것이 현명하다는 것을 말하고 싶다. 즉 고독을 즐겨야 보람된 생활을 할 수 있다는 말이다.

유독 다른 사람과 어울림을 좋아하는 사람들이 있다. 그러다 보면 당장은 재미있고 즐겁지만 지나고 보면 '헛된 시간을 보내 버렸네.'라고 후회할 수 있다. 아무 뜻 없이 사람들을 만나 차 마시고, 술 마시고 놀다 보면 많은 시간을 훌쩍 보내버린다. 그리고 어딘가 모르게 허전함을 느낀다. 무슨 일을 했어야 했는데 하며 자책해 보기도 한다.

직장생활을 하면서도 퇴근 후 술자리를 많이 생각한다. 어떤 의미로는 그런 시간도 필요하지만 잘못하면 시간만을 허비하는 경우가 많다.

그 시간에 책 읽고, 취미생활 즐기고, 업무 연구하고, 혼자 사색할 수 있는 시간을 놓쳐버리는 것이다.

특히나 학창시절에는 유난히 어울림을 좋아할 수 있다. 직장인들도 마찬가지이다. 서로 간에 왜 그리 불평도 많고 할 말도 많은지 모르겠다.

혼자의 고독한 시간을 많이 챙겨보자. 미래의 내가 발전된 모습으로 보일 것이다. 이제부터라도 나만의 시간을 많이 챙겨보자. 고독을 즐겨보자.

석류

만삭이 된 석류
더는 못 참고
몸을 풀려한다

보석을 보는 순간
새콤함이 침샘을
재촉한다

아프게 몸을 여는 석류가
잔인하게도 왜
아름답게만 보일까

열애

노년에 들어 후회하는 것 중 하나가 열렬한 사랑을 못해 본 것이라고 한다.

물론 나름의 화끈한 사랑을 통해서 결혼으로 연결된 연인들이 많을 것이다.

열렬한 사랑이란 안 보면 보고 싶고, 밤새 대화를 나누어도 지치지 않고, 눈빛만 보아도 서로의 마음이 통하고, 잠시 못 보아도 애가 타는 애틋한 사랑, 같이 있으면 마냥 행복한 사랑 등 그 사연들은 그 밖에도 많이 있다고 본다.

이런 사랑은 우연히 찾아들 수도 있고 내가 도전하여 만들 수도 있다. 열애의 조건에 대해 말한다면 다음과 같다.

첫째 상대와 내가 쌍방으로 마음이 통하고 서로 좋아야한다. 일방적인 사랑은 의미가 덜하다.

둘째 서로 간에 매력 포인트가 있어야 한다. 얼굴이 예쁘다든지, 잘생겼다든지, 능력이 출중하다든지, 경제적으로 여유가 있다든지, 머리가 좋아 공부를 잘한다든지, 특기가 있어 인기 많은 사람이라든지, 목소리가 예쁘다든지 등 조건은 무수히 많다.

셋째 어떤 조건에 매이지 않고 그냥 좋아서 이루어지는 열애도 있다. 서로의 체취나 느낌만으로 좋은 감정을 갖는 경우이다.

호감이나 끌리는 면이 없이 연인관계를 가진다면, 정략적인 연인 관계나 육체적인 쾌락만을 즐기다가 허무하게 끝나버릴 것이다. 그뿐만 아니라 시시하고 지저분한 사랑으로 전락하고 말 것이다. 이런 사랑은 돈과 시간만 낭비하는 결과를 가져올 수 있다.

좋은 사람 만나서 열렬하게 진정한 사랑을 이루어 부부인연으로까지 간다면 이보다 좋을 수는 없다.

세월이 흘러 추억 속에서 꺼내 볼 수 있는 그런 사랑 하나쯤은 만들어 봄이 어떨까?

곶감

벌거벗은 감들이
화려하게 매달려

지나가는 뭇사람들의
눈을 유혹한다

유혹의 눈길로
주인은 광고한다

맛있게 만들어진
곶감 사달라고

걸림돌 사랑

우리는 사랑이란 단어에 대해 달콤하고 포근하며 부드럽다는 등 온갖 미사여구를 다 가져다 쓴다.

그럼 진짜 사랑이 있어 행복할까? 한번 의문을 가져 보았다. 물론 진짜 서로 간에 사랑을 느끼며 평생 살아온 사람들도 있을 것이다.

그러나 가만히 지켜보면 사랑이란 이름으로 속박하고 고통을 주며 때로는 슬프게도 하고 괴롭히기도 한다.

부모의 사랑이라는 명분 아래 자녀의 자유와 놀이문화를 통제한다. 부모 입장에서 자식 사랑이라면 무슨 일이고 서슴지 않을 것이라고 본다.

애인이란 이름으로 상대방을 사사건건 간섭하고, 하는 일을 방해하며 괴롭히는 경우도 있다. 시기와 질투의 산물이기도 하다. 남하고는 일체 단절을 요구한다. 말을 안 들어줄 경우에는 폭력도 사용하고 극단적으로는 죽임도 당한다.

부부는 온전할까? 애인과 마찬가지로 자유를 속박하고 간섭과 통제가 따른다. 많은 제약도 따른다.

이 같은 일들은 다 사랑이란 달콤한 단어가 만들어낸 고통의 산물이다.

사랑이란 뜻은 애틋하게 그리워하고 열렬히 좋아하는 마음이며, 아끼면서 소중히 여기는 것을 말한다.

그래서 사랑이란 단어를 시적으로는 노예 관계로 표현하는 이도 있다. 당신을 사랑하니까 평생 노예처럼 당신을 위하여 시키는 대로 살겠다는 뜻이다.

열렬히 사랑할 때는 합당하다. 그리고 아름다운 글귀이다. 그러나 종국에는 서로를 고달프게 만드는 쇠사슬이 될 수도 있다. 사랑도 온도가 있어 식기도 하기 때문이다.

사랑은 속박보다는 자유와 배려가 따라야 하지 않을까 조심스럽게 말하고 싶다.

'진정한 사랑이 무엇일까'에 대해 각자 한번 곰곰이 생각해보는 시간이 되었으면 한다.

국화

선녀들이 나셨나
하늘을 날듯
그 모습 곱고 고아라

가을의 여인인가
향기마저도
깊고 그윽하여라

그녀들 이름은 뭘까
그 모습에
가을이 황홀하여라

악기 구입

나는 대금을 취미로 배우면서 이제까지 5자루나 샀다. 처음에는 플라스틱 대금으로 시작했다. 그런데 잘 부는 사람의 대금은 대나무 대금이었다. 대나무 대금을 사야 소리가 좋구나 하고 가격이 저렴한 대나무 대금을 샀다.

사용하다 보니 실금이 가 있었다. 그래서 이것을 아는 사람에게 줘버리고 굵은 대나무 대금을 같이 배우는 동호인의 소개로 샀다.

그러나 이것도 소리가 잘 안 났다. 다시 다른 대금 제작자를 찾아 이 대금을 중고로 인수하게 하고 돈을 더 주는 조건으로 바꿨다. 대금이 작고 가벼웠다. 한 동안 이걸로 대금을 불었다.

그 후 대금을 직접 만드는 선생님으로부터 교습을 받으면서 대금 교체를 요구받았다. 그래서 다시 통이 굵은 대금을 샀다.

경연대회에서 전공생들의 대금을 살펴보니 대부분 굵지

않았다. 대나무 통이 굵은 게 좋을 줄 알았는데 그것도 자신의 몸에 맞아야 한다는 것을 알았다. 호흡과 관련된다는 것을 미루어 생각할 수 있었다. 그러나 선뜻 바꿀 마음이 들지 않았다. 전공을 할 것도 아니라는 생각에서였다.

대금은 산조대금, 정악대금, 가요대금으로 대별해 볼 수 있다. 가격대도 부르는 게 값이다. 대금은 취구, 통의 울림, 굵기 등이 자신의 몸에 맞아야 좋다.

이런 특성을 알려면 오랜 기간 연습이 필요하다. 처음부터 나에 맞는 좋은 악기를 산다면 최고의 행운이라고 본다. 한 악기를 사서 사실적으로 평생 연주하는 사람도 있다. 이런 경우는 소수에 불과하고 대부분은 나처럼 여러 번에 걸쳐 악기를 바꾼다.

이렇듯 악기구매는 세심한 주의가 필요하다. 믿을 수 있는 전공자의 도움을 받아 사는 게 좋다. 제작자나 상인들은 가격대에 맞춰 팔려고만 한다. 양심적으로 여러 가지 조건을 고려하지 않는다.

악기 보는 안목을 기르려면 좋은 악기 욕심보다 먼저 자신의 기량을 길러야 한다고 본다.

4부

황룡정黃龍亭

황룡이 쉬어가는 정자에
가을이 찾아 들었다

나뭇잎 물들여
아낌없이 뿌려놓으니
가을 운치가 물씬 난다

황룡의 정자에서
막걸리 한 사발에
시 한수 어떨까

가을 정경이
애달프도록 정겹다

질서의식

올해 7월 들어 장마로 비가 많이 내렸다. 이 여파로 지하도가 잠겨 인명 피해가 발생하고 산사태가 발생하여 인명 피해와 재산피해를 가져왔다. 장마기간이라도 운동을 해야겠기에 마을 뒷산을 오르려 하니 '입산금지' 팻말이 설치되어 있었다.

팻말을 무시하고 그냥 넘어갈까 말까 생각하다가 그냥 포기하고 돌아섰다.

요사이 인명피해가 있어 위험하니 되도록 위험지구는 자제하라는 안전 메시지가 계속 전달되었기 때문이었다.

우리는 많은 곳에서 통제를 받는다. 무단횡단금지, 출입금지, 통행금지, 올라서지 마시오, 쓰레기 투척금지, 주차금지 등 이와 관련한 표지판 문구를 수없이 보게 된다.

이런 장소에서는 당연히 지시에 따라 지켜야 한다. 이를 어기고 행동하다가 다치거나 범칙금 또는 벌금을 내는 등의 손해를 가져올 수 있기 때문이다.

지난 여러 사례에서 보았듯이 무질서로 인한 사고 시 더 많은 피해를 입을 수 있다는 것을 알았다. 위급상황에서도 나만 살아야겠다고 질서를 무시하면 더 많은 사람들이 피해를 당하게 되어 있다.

질서는 공동체 생활에서 서로가 안전하고 원만하게 살아가기 위한 방편이자 필수 규범인 것이다.

주차장에서 주차할 때도 주차 선에 어긋남이 없이 잘 주차하여야 다른 차량에 불편을 줄일 수 있다.

차례를 지켜 표를 사고, 순서대로 승차하고 내리는 등 항상 질서 있는 행동을 생활화해야 한다.

'나 하나쯤이야'라는 안일한 생각에 여러 사람이 고통을 느끼거나 피해를 볼 수 있다.

누가 보든 안 보든 질서의식을 항상 염두에 두고 지키려고 노력하는 민주시민의 자세가 필요하다.

옛날 체험

워낭소리에 놀라
뒤를 보니
허름한 무명옷에
쟁기를 지게에 지고
소 몰고 가는 농부일세

옛 선조의 숨결이
살아있는 초가집에
연기가 피어오르는
가을 해넘이 오후

옛날이야기가 있는
시골길에서
그때의 체험을 상상해 본다

* 워낭 : 소의 목에 달아 주었던 방울.

103

성욕에 대하여

성적 쾌락을 싫어하는 사람은 거의 없을 것이다. 인간이라면 응당 느껴야 하는 본성이기 때문이다. 성에 대한 신체적 결함이 있는 사람이 아니라면 성욕을 느끼는 것은 당연하다.

예전에는 성에 대해 터부시하고 노출을 꺼렸다. 그러나 지금은 각종 매체의 발달로 인해 법적 통제 속에서도 쉽게 노출되어 있다.

청소년들에 대한 성교육은 매우 중요하다고 본다. 성에 대해 이야기하는 것을 꺼려 하지만, 이 시기 성에 대한 이해와 다스림은 생활 전면에 영향을 미칠 수 있다.

성에 대해 눈을 뜨는 시기에 성을 잘못 이해하고 이에 집착해 버리면 자칫 범죄에 연루되거나 퇴폐에 빠지는 등 부작용이 발생할 수 있다.

젊은 성은 자동으로 발동되기 때문에 이상하게 생각하거나 고민할 필요가 없다. 문제는 이런 성욕을 어떻게 자제하고 소화할 수 있을지가 중요하다. 이를 잘 다스리지 못하고 일순간의 쾌락을 좇다가 자신의 장래에 걸림돌로 작용할 염려가 있기 때문이다.

건전한 성의식과 올바른 이성의 교제가 필요하다.

성적 쾌락에 집착하다 보면 퇴폐적인 성을 추구할 수도 있다. 이에 따라 돈과 시간을 낭비하는 경우가 많다. 정서적인 면에서도 항상 들떠있기 때문에 자신의 일에 집중이 어려울 수 있다. 잘못하면 사회적 지탄의 대상이 되기도 한다.

성욕은 나쁜 게 아니라 젊은 힘과 건강의 상징이라고 본다. 이 힘을 이용해 자신의 일에 집중하거나 예술적인 정열로 승화시킬 수도 있다.

성욕에 빠져 방황하지 말고, 이를 잘 다스려서 올바른 나를 가꾸어 가야 하리라고 본다. 방황으로 많은 것을 잃고 후회할 수 있다. 진정한 나의 행복을 추구하기 위해서이다.

관아官衙

고을 수령의
호령소리에
모두가 벌벌

곤장소리에
사람의 비명소리
관아를 뒤흔들던

그 시절은 어디가고
마네킹mannequin만
자리를 지키나

의견 듣기

무슨 일을 처리하면서 단독으로 행하려는 경향이 많다. 특히나 공부나 연구를 많이 했거나, 그 방면에 전문가, 독단성이 강한 사람, 주어진 지위가 있는 경우에 많이 일어난다.

그러나 독단에는 빈틈이 생겨날 수 있다. 여러 사람의 생각을 듣다 보면 의외로 새로운 아이디어를 얻는 경우가 있다.

소위所謂 자신이 전문가라는 사람도 여러 사람의 의견에서 미처 생각하지도 못한 결과를 얻기도 한다.

이런 의견을 나눌 때는 신분이나 지위의 고하, 남녀노소 등을 불문하고 골고루 발표할 기회를 주는 것이 좋다.

선입견을 가지거나 특정 범위로 한정하다 보면 보물 같은 의견을 놓칠 수 있기 때문이다.

어떤 난상 토론장에서 주어진 주제에 대하여 저마다의 의견을 발표하는 데 깜짝 놀랄 수밖에 없는 일이 발생하였다. 전혀 예상 밖의 주장과 의견이 도출되었기 때문이다.

점점 심도가 깊어지면서 의외로 좋은 의견이 터져 나왔다. 그 자리에 참석한 이들의 마음을 사로잡으면서 큰 박수갈채를 한몸에 받았다. 그리고 내심 놀랐다. 저마다의 숨겨진 실력에도 감탄하지 않을 수 없었다.

집단지성集團知性이란 말이 있다. 집단 구성원들이 서로 쌓은 지적 능력의 결과로 얻어진 지성으로 집단적 능력이라고도 말한다.

우리가 흔히 겪는 일이다. 대중이나 집단을 무시하는 사례가 많다. 특히나 정치권에서 더욱 그렇다고 본다. 생각이 다르다는 원리로 사람들을 선동하고 매도하거나 무시하면 안 된다는 것을 말하고 싶다.

대중이나 집단을 운영할 때는 독단적인 생각보다는 많은 의견을 수렴하여야 좋을 것이라고 본다.

소달구지

덜거덩 거리며
굴러가는 달구지

소가 식식 숨을 고를 때
주인은 채찍을 내려친다

음매~

지친 소가 침을 흘리며
힘겹다고 소리를 지른다

* 달구지 : 소나 말이 끄는 짐수레.

폭식의 기억

내가 군대생활을 할 때의 이야기이다. 군에 입대해서 훈련을 받던 시절은 20대 초반이라 무쇠라도 녹일 것 같은 강한 소화력이 있었다. 밥을 먹고 1시간만 지나면 허기가 졌다. 그 때문인지 훈련소에서 주는 밥은 왜 그리 달고 맛이 있었는지 모른다.

훈련소에서 처음 군대 배식을 받던 날, 지금처럼 자유롭게 먹지 않고 어느 정도 팀이 구성되면 "감사히 먹겠습니다."란 구호를 외치고 식사를 하도록 하였다.

차분하게 몇 숟갈 먹고 있으려니 "동작 그만!"이란 불호령이 떨어졌다. 다음은 "식사 끝!"이란 구령과 함께 "감사히 먹었습니다!"라고 구호를 외쳤다. 다음 명령어는 "식기를 들고 일어선다!"였다. 황당하기 짝이 없었다. 아직 절반도 못 먹었는데. 먹다 만 식판을 들고 가서 짬밥 통에 비울 수밖에 없었다. 어떤 이는 식판을 들고 가면서 계속 먹기도 하였다.

군대 훈련소에서는 음식을 먹는 것도 훈련이었다. 식사는 5분 내에 끝내야 한다는 것이었다. 다음에야 이해한 사실이지만 전투 중에는 차분하게 식사할 시간이 없다. 언제 적의 공격이 있을지 모르니까 최대한 신속하게 식사를 끝내야 하기 때문이다.

그 뒤로는 밥을 씹어 먹는 게 아니라 그냥 삼키다시피 빨리 먹어버리는 습관이 들었다.

배가 고픈 건 나만이 아니었다. 밥 배식할 때 아예 더 달라고 애걸하는 이도 있었다. 아는 이가 식사 배식을 하면 밥을 더 많이 퍼주기도 하였다. 버릇처럼 남의 밥과 비교도 해 보기도 하였다.

훈련소에 있다 보면 급식당번을 돌아가면서 하게 된다. 배식 담당과 식판 관리를 하는 것이다. 그러기 위해서는 먼저 식사를 해야 한다. 그때 당번 팀은 밥을 실컷 먹을 수 있는 기회를 얻는다. 나는 이때다 하고 5인분을 거뜬히 먹어치웠다. 그런데 그다음이 문제였다. 몸 움직임이 불편해지고 배가 아파왔다. 숨도 헐떡였다. 당장 누가 쫓아온다 해도 도망가지 못할 형편이 되어 버린 것이다. 나는 배식을 하는 둥 마는 둥 끝내고 인적이 드문 쓰레기장으로 갔다. 쓰레기장은 깊게 파여 있었다. 그 속으로 들어가 숨을 고르면서 배를 움켜쥐고 두어 시간을 보냈다.

정말 위험천만한 체험을 해 본 것이다. 그 일을 계기로 나는 많이 먹는 식탐이 얼마나 어리석고 무서운지 알았다.

그 뒤로 어른들의 말을 들어보니 배고픈 시절에 폭식으로 죽는 이들이 간간이 있었다는 말을 들었다.

이런 폭식은 위장에도 무리를 주기도 하지만, 죽음에 이르는 무서운 위험을 초래할 수도 있다.

아무리 몸에 좋은 음식도 과하면 독이 될 수 있고 몸에 위해를 가져올 수 있다. 음식은 항상 적당히 먹어야 건강에 좋다.

술 마시기 시합

　내가 30세 때 같이 근무하던 직원과 술 마시기 시합을 한 적이 있다. 그때만 해도 젊음을 자랑하던 나이라서 무서울 게 없었다. 흔쾌히 승낙하고 2 홉(360㎖) 소주 2병씩을 각자의 자리에 놓고 빨리 마시는 자가 이기는 것으로 하였다. 내기의 조건은 오늘 먹은 술값 계산이었다.

　술을 많이 마시기 위해서는 소주잔 보다 맥주 컵을 사용하기로 하였다. 나는 맥주잔에 소주를 가득 부었다. 그리고 맥주처럼 쉬지 않고 벌컥벌컥 마셔버렸다. 한 병은 단번에 거뜬히 비워졌다. 그러나 상대는 히쭉해쭉 웃으며 천천히 마셨다.

　이어 한 병을 마시고 내가 이겼다고 선언하면서 화장실로 향했다. 가는 도중 갑자기 땅이 나를 사정없이 때렸다. 코가 깨져 코피가 날 정도였다. 그 뒤로 속이 매스껍고 아프기 시작하면서 정신까지 몽롱해졌다. 정말 고문당하는 상태랄까. 화장실에서 계속 토하면서 시간을 두고 정신을 가다듬었다. 이 상태로는 집에도 가지 못할 것 같아서 동생에게 긴급 도움을 요청했다.

지나서 생각해 보니 그 직원은 이미 이런 일을 예상한 경험자인 것이었다. 데리러 온 동생이 그런 사람은 만나지 말라고 충고까지 하였다.

그 뒤로 안 것이지만 급작 술은 독약과 같다는 것이다. 외국에서도 술 마시기 대회에서 죽는 사람이 더러 있었다는 사실도 알았다.

술을 과음하면 순간 정신을 잃게도 한다. 겨울에 걸어가다가 길에서 얼어 죽는 사례도 있다. 또한 여러 가지 사고나 생각지도 못할 실수를 저지르기도 한다. 이처럼 술은 몸에도 안 좋지만 과음으로 많은 문제를 일으킬 수 있다.

술 마시기 시합을 한다거나 술 마시기 벌칙 게임 등은 주의를 필요로 한다. 술도 개인 주량에 맞춰 적당히 그리고 즐겁게 마시면 좋은 음식이라고 본다. 다음은 술을 마시면서 하지 말아야 할 행동을 나열해 보았다.

첫째 주량을 따지지 않고 술을 권하는 행위.
둘째 자신의 주량을 과시하며 상대에게 따라 마실 것을

강요하는 행위.

　셋째 술 마시기 게임이나 게임처럼 마시는 행위.

　넷째 초상집에서 술에 취해 흥청망청 권하는 행위.

　다섯째 지병이 있는 자에게 술을 권하는 행위.

　여섯째 술 알레르기가 있거나 선천적으로 술을 못 마시는 사람에게 술을 권하는 행위.

　일곱째 연약한 여자나 노약자에게 술을 강요하는 행위.

　여덟째 이미 취해 있은 데도 술을 권하는 행위.

　아홉째 운전할 사람에게 술을 권하는 행위.

　열째 중요한 일을 처리할 사람에게 술을 권하는 행위.

　열한째 고도의 위험이 있는 종사자에게 술을 권하는 행위.

　열두째 안전에 주의를 요할 작업자에게 술을 권하는 행위.

　열셋째 근무 중인 자에게 술을 권하는 행위.

　열넷째 엉큼하게 딴 마음을 먹고 술을 권하는 행위.

　열다섯째 술 마시기 시합을 하는 행위.

　열여섯째 머리에 비운 잔 확인하기 등의 행위.

다음은 피해야 할 술자리를 살펴보겠다.

첫째 이용당할 수 있는 술자리.

둘째 사기 등의 분위기가 있는 술자리.

셋째 나의 분위기에 맞지 않은 술자리.

넷째 까다로운 부탁을 하려는 술자리.

다섯째 근무 중 일 때.

여섯째 실수하면 안 되는 술자리.

일곱째 술을 마시면 안 되는 상황.

여덟째 성추행 등의 분위기가 감지되거나 유발될 때.

아홉째 기분을 불쾌하게 만드는 술자리.

열째 얻는 게 없이 시간만 낭비하는 술자리.

열한째 정치나 종교 등의 이야기로 다툼이 있는 술자리.
자칫 폭력적인 싸움으로 번질 수 있다.

열두째 취해서 더 이상 마시면 안 되는 술자리.

피하여야 할 술자리는 옆 사람에게 가만히 말하고 빠지
거나, 때에 따라서는 그냥 나와도 된다고 본다.

술을 잘 이용하면 마음이 통하는 즐거운 자리가 될 수 있으며, 서로의 관계를 좋게 할 수도 있다. 또한 응어리진 마음을 풀어주는 역할도 한다.

건전한 술 문화를 만들어 봄이 어떨까 생각해 본다.

언약의 집

연인이여 사랑을
고백해라

친구여 우정을
다짐해라

여기서 하는 말
하늘에 대한 맹세이니

어찌
쉬이 변하리

개인 보안 처리

요사이 부쩍 개인정보가 중요시되고 있다. 범죄행위로 악용되는 경우가 있기 때문이다.

나는 직장에서 보안업무에 대해 많이 배우고 또 이행하였다. 그런데 개인 보안면에서는 취약하였다는 것을 깨달았다.

이를테면 업무를 보면서 메모한 종이를 분리수거함에 넣는다든지 모아서 놔두었다가 폐휴지로 처리하여 매각한 경우가 많았다.

업무적으로는 직장에서 종이분쇄기를 이용해 문서 등을 파기해 버리지만 개인 신상에 관한 것은 소홀히 하는 경우가 많다.

지금의 각박한 현실을 보면서 자칫 메모한 내용이 중요한 사항이었다면 큰 실수로 이어질 수 있다는 것이다.

따라서 개인 보안을 위해서는 다음 몇 가지를 권하고 싶다.

첫 번째 연습으로 메모한 용지는 과감히 버리는 데 반드시 소각하거나 형체를 알아볼 수 없도록 분쇄하여야 한다.

두 번째 나와 관련한 각종 영수증은 아무 데나 버리지 말고 반드시 수거해서 잘 보관하거나 그렇지 않으면 바로 소각이나 분쇄 등의 방법으로 처리하여야 한다.

세 번째 안 쓰는 카드는 반드시 소각이나 분쇄하여 없앤다.

네 번째 개인정보 제공 시에는 상황을 잘 판단하고 작성하여야 한다. 정보유출이 아닌지 잘 알아보아야 한다.

다섯 번째 예전에는 개인 홍보시대라고 해서 명함을 많이 돌렸다. 그러나 지금은 필요 이상으로 명함을 남발하면 안 된다. 꼭 필요하거나 신원파악이 확실한 경우에만 명함을 제공한다.

여섯 번째 안 쓰는 신분증은 철저히 보관하거나 그렇지 않으면 과감히 소각이나 분쇄 등으로 없앤다.

일곱 번째 개인 신상서류를 방치하거나 잃어버리지 않도록 철저히 관리한다.

여덟 번째 개인 신상에 관한 사항을 함부로 남에게 털어놓지 않아야 한다. 또한 남의 신상에 관한 사항도 함부로 말하거나 자료를 제공하면 안 된다.

아홉 번째 남의 유도 질문에 넘어가지 않아야 한다. 잘 생각해서 신상에 관한 사항은 회피하거나 대답하지 않아야 한다.

열 번째 낯선 전화는 길게 통화하지 말고 과감히 끊어야 한다. 대개의 경우 홍보성 전화가 많다. 경우에 따라서는 각종 사기에 말려드는 경우도 있다. 의심스러운 전화번호로 오는 경우에는 받지 않는 것이 좋다.

열한 번째 우편물관리에도 많은 신경을 써야 한다. 하루하루 반드시 확인하여 수거해야 한다. 장기간 방치하면 안된다. 우편물함에도 열쇠장치를 해서 외부인이 함부로 열어볼 수 없게 하는 것이 필요해 보인다.

열두 번째 택배 포장용지나 박스에 붙은 주소지 부분은 없애고 버리는 게 좋다.

열세 번째 중요문서는 열쇠 장치가 된 곳에 보관하여야 한다.

열네 번째 개인 신상 정보를 인터넷 등에 함부로 게재하면 안 된다. 개인이나 가족사진, 친구사진 등을 함부로 올리는 사람들이 의외로 많다. 하루 일과를 일기형식으로 공개해도 안 좋다고 본다. 내 일상을 공개하는 것도 정보제공이 될 수 있다.

열다섯 번째 잘 모르는 사람한테 함부로 접근하거나 또는 접근하려는 자가 있으면 주의를 하여야 한다. 험악한 시대라 낯모르는 사람에게 함부로 접근해도 좋지 않을 수 있다.

이외에도 주의할 점이 많이 있다고 본다.

옛날에야 정보화가 이루어지지 않아 개인 신상에 별로 문제가 없었으나 지금은 전산으로 모든 업무가 이루어지기 때문에 자신의 신상이 털리면 원하지 않은 일이 발생할 수 있다. 참 무서운 세상으로 바뀌었다.

일단 여러 가지 면에서 내 신상만큼은 밖으로 유출되지 않도록 꼼꼼하게 챙겨 보아야 하리라고 본다.

갈대숲

김영성 작품집

초판 1쇄 발행 | 2023년 12월 22일

지은이 | 김영성
사　　진 | 김영성
펴낸이 | 고미숙
편　　집 | 채은유
펴낸곳 | 쏠트라인saltline

등록번호 | 제452-2016-000010호(2016년 7월 25일)
제 작 처 | 04549 서울특별시 중구 을지로18길 24-4
전자우편 | saltline@hanmail.net

ISBN : 979-11-92139-50-0 (03810)
값 : 10,000원